# Leer es divertido

**Rebeca Zavala**

Derechos de autor © 2020 Rebeca Zavala
Todos los derechos reservados
Primera Edición

PAGE PUBLISHING, INC.
Conneaut Lake, PA

Primera publicación original de Page Publishing 2020

ISBN 978-1-64334-435-5 (Versión Impresa)
ISBN 978-1-64334-440-9 (Versión electrónica)

Libro impreso en Los Estados Unidos de América

# Unidad I

## "Mis amigas: Las vocales"

a e i o u

# Mi amiga "A"

# Mi amiga "E"

# Mi amiga "I"

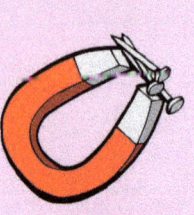

# Mi amiga "O"

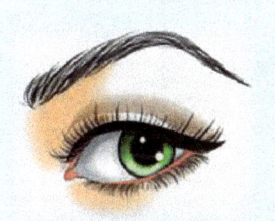

# Amiga "U"

# Unidad II

## "Conociendo mis primeras consonantes"

| mamá | Memo | mío |
|---|---|---|
| amo | Ema | mima |

| |
|---|
| Mi mamá me ama. |
| Amo a mi mamá. |
| Memo me mima. |
| Mamá mima a Ema. |

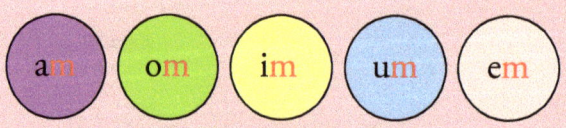

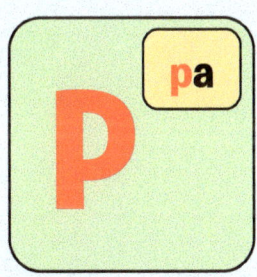

| papá | pipa | puma | pío |
| --- | --- | --- | --- |
| Pepe | mapa | papi | Pepa |

| |
| --- |
| Mi papá ama a mamá. |
| Amo a papá. |
| Pepe mima a papá. |
| Mi papá me mima. |

| sa | so | si | su | se |

| Susi | suma | piso | sapo |
|---|---|---|---|
| sopa | asoma | misa | oso |
| masa | puso | asea | mesa |

| |
|---|
| Susi asea esa mesa. |
| Mami puso la mesa. |
| Ese oso se asoma. |
| Papá puso sopa. |

*as   es   is   os   us*

La Li Lo Lu Le
lo le lu la li

| Lalo | miel | suelo | sol  |
| ---- | ---- | ----- | ---- |
| sal  | isla | sala  | loma |
| ola  | lee  | lima  | mula |

| Lola lee alto.      |
| ------------------- |
| Esa lima es mía.    |
| Ese es el sol.      |
| Lalo usa la sala.   |

al - el - il - ol - ul

| ta | te | ti | to | tu |

T

| Teo | tomate | té | toma |
|---|---|---|---|
| tos | maleta | lata | moto |
| tela | Tomás | alto | pato |

| |
|---|
| Tomás toma té. |
| Teo es mi tío. |
| Ese tomate es mío. |
| Tita me asusta. |

at - it - ut - ot - et

| ro | ru | re | ri | ra |
|----|----|----|----|----|

| Ra | Re | Ri | Ro | Ru |
|----|----|----|----|----|

| Rosa | rema | roto |
|------|------|------|
| Raúl | risa | rata |
| rama | perro | torre |
| río | ropa | tarro |

**R - r**

| Rosita toma su tarro. |
|------------------------|
| Raúl rema por el río. |
| La rata salta a la rama. |
| Rita toma torta. |

ar - or - ir - er - ur

Lee las oraciones y escribe el número de la oración que representa cada imagen.

1. Mi tío Raúl se asustó.
2. Rosita la osita, toma miel.
3. Rita toma los tomates.
4. Irma y su carro.

# Unidad III

## "Aprendo y me divierto"

Nn   Cc

D

V v

# Nn

| no | nu | ne | ni | na |
|----|----|----|----|----|
| Na | Ne | Ni | No | Nu |

| pana | nene | tina | luna |
|------|------|------|------|
| pino | enano | limón | uno |
| Ana | timón | ratón | mano |

Ana pintó un león.

Los limones son de Noemí.

El nene tiene un listón.

Natalia usa la tina.

| an | en | in | on | un |
|----|----|----|----|----|

# C-c

| Ca | Co | Cu |

| cuna | cama | taco | mascota |
|---|---|---|---|
| roca | carro | casa | cometa |
| coco | saco | Carlos | camisa |

| |
|---|
| Carlota toca la campana. |
| Paco sacó la cuna. |
| El carro está en el corral. |
| Carlos cuenta el cuento. |

| de | du | da | di | do |

| lodo | nudo | dedo | Danilo |
|------|------|------|--------|
| dama | dos | rueda | saludo |
| seda | radio | dado | Daniel |

| Mi codo tiene lodo. |
| Comí deditos de pescado. |
| Daniel tiene su cuaderno. |
| Danilo pide un dado. |

| ed | ud | ad | id | od |

# V - v

vi ve va vo vu

| Vanesa | vaso | nave | vida |
|---|---|---|---|
| Verónica | vela | viva | veo |
| vestido | vaca | nieve | suave |

| |
|---|
| La cueva tiene nieve. |
| Verónica vive en el campo. |
| Los venados están en el pasto. |
| La vaca come pasto verde. |
| Violeta toma té en su vaso. |

iv ev av ov uv

Transcribe la oración y completa según la imagen.

Ese _____ asustó a mi pelón.

La _____ se asoma.

Pon _____ a la ensalada.

La _____ come pasto verde.

# Unidad IV

## "Explorando mi lectura"

**F f f**

**B b b**

**J j**

**Ñ ñ ñ**

**r r**

# F f f

| fuerte | foca | Fifí | Felipe |
|--------|------|------|--------|
| rifa | sofá | Sofía | familia |
| fino | café | fila | delfín |

Los delfines son fuertes.

La foca Fifí se divierte.

Fani tiene una rifa.

El fantasma asustó a Felipe.

af ef if of uf

# B b

| ba | be | bi | bo | bu |
|---|---|---|---|---|
| Beti | balón | nube | | abuelo |
| beso | barco | balcón | | escoba |
| lobo | árbol | Beto | | bomba |

Beti va con su abuelo.

Ese burro es café.

El avión va por las nubes.

Ese lobo tiene la escoba.

ab  eb  ib  ob  ub

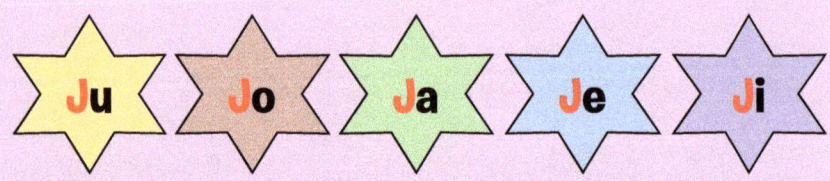

| José | jamón | Juan | Josefa |
|------|-------|------|--------|
| jabón | ojo | rojo | conejo |
| jaula | oveja | jarra | jirafa |

| Juan toca las burbujas. |
|---|
| La comida de Japón tiene ajo. |
| Los ojos de Josefa son verdes. |
| El carro de José es rojo. |

# Ñ ñ ñ

| ño | ñe | ñi | ña | ñu |

| Toño | leña | año | piñata |
|---|---|---|---|
| baño | sueño | niño | montaña |
| piña | ñoño | moño | cabaña |

Toño puso la leña.

En la fiesta, Noño rompió la piñata.

Los niños beben jugo de piña.

Esa niña me enseña.

ro re ri ra ru
ru ri ra re ro

| niñera | tesoro | aro | pájaro |
| caracol | tijera | pera | sopera |
| naranja | María | cara | verano |

Ese loro come naranjas.

María corta peras.

Laura tiene una jirafa.

Mariela es mi niñera.

ar er ir or ur

# Unidad V

"Ahora, leo mejor"

G g     G g

H h     H h

CH ch     CH ch

Ll ll     ll ll

Que qui
Que qui

 gata

| Gabi | gato | gusano |
|---|---|---|
| gorra | mago | gorila |
| fuego | agua | gaviota |

La gota de agua cae en mi baño.

Gago tiene una tortuga, un gusano y una oruga, pero su gato le gusta más.

# H h
# H h

| Hilda | hora | hilo | hospital |
|---|---|---|---|
| hueso | hada | humo | hermano |
| búho | Hugo | huevo | hormiga |

| |
|---|
| Hilda busca en la huerta. |
| Las hormigas llevan hojas. |
| Este búho es hermoso. |
| Helen es mi hermana. |

| cho | che | chi | cha | chu |
|-----|-----|-----|-----|-----|
| Chu | Che | Cho | Chi | Cha |

| Chucho | chica | chancho |
|--------|-------|---------|
| charco | rancho | noche |
| ficha | leche | chocolate |

| |
|---|
| El techo de la casa es rojo. |
| Rebeca bebe leche con chocolate. |
| Chucho pone leña en la chimenea. |
| Tu mochila tiene un estuche. |

CH ch  CH ch

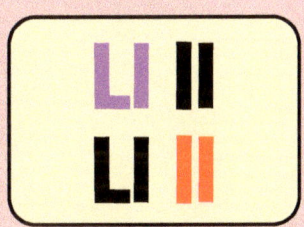

| llave  | lluvia  | olla    | medalla |
| ------ | ------- | ------- | ------- |
| llanta | llama   | silla   | caballo |
| toalla | gallina | argolla | cabello |

La gallina Pina come piña.

Ese caballo lleva al jinete.

Mis llaves están en la argolla.

El llavero de la llave roja.

## Que - qui  que - Qui

| Quique | equipo | vaquero |
|---|---|---|
| queso | toque | paquete |
| pequeña | Enrique | orquesta |

| Quique está en el equipo. |
| Ese paquete es pequeño. |
| Enrique visita el parque. |
| Quique toca la orquesta. |

Escribe el número de la oración en el recuadro que la ilustra.

1. Quique el ratón se asomó a la puerta.
2. Quique toma el queso.
3. Un gato lo asustó, pero él corre.
4. Los ratones tienen el queso.

# Unidad VI

## "Descubriendo más letras"

Y y - Y y

Güe - güi
Güe - güi

Gue - gui
Gue - gui

Ge - gi    *ce   ci*
Ge - gi     ce   ci

# Y y - Y y

| | | | |
|---|---|---|---|
| yate | yodo | yuca | Yolanda |
| hoy | voy | Yuri | payaso |
| rayo | hoyo | ayer | yoyo |

| |
|---|
| Ese payaso tiene un yoyo. |
| Yuri viaja en su yate. |
| Los rayos me asustan. |
| Me gusta el queso con yuca. |
| Yolanda se fue en un hoyo. |

ay  oy  uy  iy  ey

# Gue - gui
# Gue - gui

gui tarra

| Guillermo | guía | águila | guitarra |
|---|---|---|---|
| amiguito | Guille | guiso | manguera |
| albergue | guiño | Miguel | juguete |

| |
|---|
| Guille come un rico guiso. |
| Miguel tiene un amiguito. |
| Yuri toca la guitarra. |
| Mis juguetes son muchos. |

# Güe - güi
# Güe - güi

pingüino

| pingüino | agüita | ungüento |
|---|---|---|
| paragüita | cigüeña | paragüero |

| |
|---|
| El paragüero está lleno. |
| Me gusta mi paragüita. |
| Tomo agüita helada. |
| Guillermo se pone ungüento. |
| Tengo varias cigüeñas. |

# Ge - gi
# Ge - gi

girasol

| genio | gesto | Regina | gimnasia |
|---|---|---|---|
| gente | gira | Genaro | colegio |
| ángel | magia | geranio | páginas |

| |
|---|
| Bety usa muchas páginas. |
| Me gustan los girasoles. |
| Toño come gelatina. |
| Genaro va al gimnasio. |
| El girasol busca el sol. |

*ce  ci*

**ce  ci**

cepillo

| cine | cereal | cielo | cepillo |
|------|--------|-------|---------|
| cisne | cinco | Ciro | cigüeña |
| Celia | cesta | cerca | quince |

| Alicia cantó cien veces. |
|---|
| Mi vecino está cerca. |
| Esa cigüeña come cereal. |
| Mi hermana tiene quince años. |
| Ciro se ensució de lodo. |

# Unidad VII

## "Alcancé mi meta, ya sé leer"

**K-k**

 **Z-z**

**X-x**

 **W-w**

# K-k

| kilo | kimono | kepis | koala |
|---|---|---|---|
| kayac | kiosko | karate | Karina |
| Katia | Alaska | kermés | eskimo |

| |
|---|
| Karina visitó el kiosko. |
| Paloma usa el kimono para karate. |
| Me gusta usar el kayac. |
| Katia nació en Alaska. |
| Iré a la kermés con mi koala. |

# Z-z

zapato

| azul | nariz | zapato | zorro |
| --- | --- | --- | --- |
| lápiz | zapatero | choza | paz |
| lechuza | Zacarías | mostaza | corazón |

| |
| --- |
| Zacarías usa mi lápiz. |
| Come pan con mostaza. |
| Mis zapatos son azules. |
| Quiero una taza de té. |
| Esa terraza me gusta. |

az oz iz uz ez

# X-x

 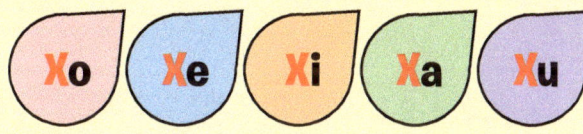

xilófono

| taxi | sexto | México |
|------|-------|--------|
| éxito | texto | Mexicano |
| Félix | Xiloá | oxígeno |

| |
|---|
| En México vive mi tía Xiomara. |
| Félix tiene cinco taxis. |
| Mi xilófono es de colores. |
| Iremos a una excursión. |
| A Alexa le falta oxígeno. |

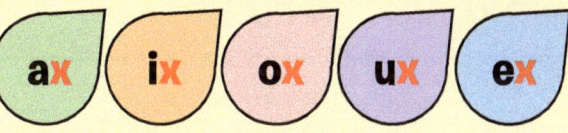

# W-w

| we | wi | wa | wu | wo |

kiwi

| Hawái | kiwi |
|---|---|
| sándwich | Wendy |
| Water | waterpolo |

| William viaja a Hawái. |
|---|
| Walter juega waterpolo. |
| Wendy come kiwi. |
| Hay sándwich para la fiesta. |
| Hawái es lindo. |

¡¡¡Aprendí a Leer!!!

# Sobre la Autora

Rebeca Zavala es Pedagoga, de nacionalidad nicaragüense. Desde hace 27 años ha trabajado como maestra, supervisora y *coach* con niños en edad de Kínder y *Elementary School* y le ha interesado los cambios emocionales, la ansiedad por lo que pasan los niños cuando están aprendiendo a leer, por eso Rebeca tomó la iniciativa de crear este libro: *Leer es divertido*; para ayudar y guiar a los niños a una lectura inicial muy amena, grata, que los transporte al mundo de la imaginación, y así alcanzar la meta de aprender a leer de manera placentera y perdurable.

CPSIA information can be obtained
at www.ICGtesting.com
Printed in the USA
LVHW011523070723
751682LV00005B/36